阳光文库

某些时刻

王武军 —— 著

黄河出版传媒集团
阳光出版社

图书在版编目（CIP）数据

某些时刻 / 王武军著. -- 银川：阳光出版社，
2019.11
（阳光文库）
ISBN 978-7-5525-5114-3

Ⅰ.①某… Ⅱ.①王… Ⅲ.①诗集－中国－当代
Ⅳ.①I227

中国版本图书馆CIP数据核字(2019)第259649号

某些时刻

王武军　著

责任编辑　陈建琼
封面设计　晨　皓
责任印制　岳建宁

黄河出版传媒集团
阳 光 出 版 社　出版发行

出 版 人　薛文斌
地　　址　宁夏银川市北京东路139号出版大厦（750001）
网　　址　http://www.ygchbs.com
网上书店　http://shop129132959.taobao.com
电子信箱　yangguangchubanshe@163.com
邮购电话　0951-5014139
经　　销　全国新华书店
印刷装订　宁夏凤鸣彩印广告有限公司
印刷委托书号　（宁）0015628

开　　本　720mm×980mm　1/16
印　　张　14.5
字　　数　185千字
版　　次　2019年11月第1版
印　　次　2020年1月第1次印刷
书　　号　ISBN 978-7-5525-5114-3
定　　价　36.00元

目录/CONTENTS

第一辑·风吹萧关

第三辑 · 时光飞翔

（带 ★ 篇目为朗读篇目）

第一辑

风吹萧关

我确信，此刻
穿越西海固的，不是风
而是鱼，是一尾
两千年前涉水而来的鱼

一尾西海固的鱼

我确信，此刻
穿越西海固的，不是风
而是鱼，是一尾
两千年前涉水而来的鱼

一个乌氏女人，在泾水里
写下抒情的文字，六盘山上
一些草木正在破土而出，贺兰山下
那些尘埃还在向一座王陵蔓延

西行的风，一再雕刻着
西海固的天空，无数的沟壑、崾崄
在同一行波浪里，发出
忧郁的涛声，没有一滴水
能够把我带到云端

多少年了，雨水流过的天空
阳光一再下沉，没有人能看见

我身体里的干涸。燃烧的夏天
从柔韧的柠条里爬出，萧关
准确地穿过我的视线

《中国诗歌》2015 年第 6 期

飞翔的水

雪花的前路，是一棵
飞翔的小草，我的面前
是一朵飞舞的雪花

时间，不会在下午的三点
停下来。只有疲倦
不合时宜地钻进我的眼睛

人到中年，时光
开始慢慢融化，身体
开始逐年下沉，欲望
找不到救命的稻草

一滴水，无论以何种形式存在
都将，走向生命的本源
借助一棵草，在大地上
飞翔

《固原日报》2015 年 4 月 13 日

静默的风

钻进，我蓬乱的头发
终于可以安静一会儿了
一群羊，在云朵上吃草
牧羊的女人，在天空偷睡

我看不清她熟睡的样子
却能听到她的呼吸
包裹她的云朵有棉花糖的味道
我恋上了她隐秘的身躯

风，一生中都在抚摸大地之上的天空
和草根之下的泥土，当雨水
再一次从天空降临，我想打开
饱满的身体，为一粒种子哭泣

雾霾，隐藏了我的心跳
一只雄蜂，刺破了春天的花蕊
她的呼吸，她的色彩，她的味道

瞬间，在世俗的烟火里
滑落

《固原日报》2015 年 4 月 13 日

疯狂的草

回到村庄
草已疯狂

它们，比我跑得快
在夏天到来之前，预先
抢占了河道，占领了山梁
埋伏在道路的两旁

我想绕开它们的包围
绕过绿色的春天和枯黄的秋风
在无雪的冬天和寂静的黄昏
隐居在一座老院子里

在犁铧和镰刀的铁锈中
我看到了村庄的寂寞，麦香
渐渐远去，草色正在逼近
农人的时针，指向一片树林

大自然，在收回的同时
也给我们以馈赠。疯狂的草
在点燃村庄的同时，也给我们
一个充满诱惑的草根

《固原日报》2015 年 4 月 13 日

陌生的雨

已经很久了，我已不认识
昨夜，你给我的眼泪
是谁，在草叶上搭起云梯
拉近了，大地与天空的距离

云朵，在井口打了死结
灼热的浪涛，一波接着一波
我们，在扬起的灰尘里
相聚，离散，又迷茫地在一起

我想成为风的一部分，偷取云朵
诱惑你，逃离五月的流火
一步一步进入我的深海
复活，一滴水在天空的飞翔

丑陋的狼毒花，在开城梁
拼命地绽放，一个季节仅存的念想
被遥远的雷声，击碎

你不来，我比一条河流还要悲伤

大地如此战栗，天空
反复演唱着空城计。我像流浪的云朵
而你，反倒成了静默的土地
整个季节，崩溃在错位的陌生里

《固原日报》2015 年 4 月 13 日

憎恨的人

我一直在寻找，那个我所憎恨的人
透过春天的阳光，我从一朵
小花的脸上，看到了
蛰伏在内心深处的暗伤

透过夏天的树林，我在一窝
高悬的鸟巢里，俘获了
温暖的高度，风雨中闪亮的叶片
一直诱惑着，我梦想的天空

透过秋天的晨曦，我在一滴
晶莹的露珠里，收获了
成熟的原野，秋风带着
饱满的心事，走在回归的路上

透过冬天的寒风，我与一枚
洁净的雪花，美丽地相遇
苍茫的辽阔，复活了我

一生都在编织的童话

我一直在寻找，那个我时常憎恨的人
那个不会开花、不会结果的人
透过季节深处的时光，我看到
那个人，就是我自己呀

《原州》2014 年第 4 期

在震湖

面对一弯
镶嵌在黄土高原上的蓝
就如，面对我的中年

有过，剧烈震动的疼痛
风吹过，沉积在体内的干涸
在春天开始苏醒

蓝天、白云，固守着西海固的
苍茫和辽阔。我所有经历过的
此刻，在一滴湖水里浓缩

有过少年清纯的梦想
有过青年燃烧的激情
有过中年平静的沉默

当今天退回到昨天
遥远的疼痛，不再纠缠

清澈、恬静，一如眼前

我真的不想，就这样靠近你
我怕我不经意地造访
惹出你的眼泪

我情愿，远远地
看着你的背影，我的痛
就是你，现在的美丽

注：宁夏西吉震湖是 1920 年海源 8.5 级大地震所形成。

《葫芦河》2015 年第 2 期

五月的火石寨

五月，在一场冷雨中
如期抵达，微弱的阳光
在紫云英一样的花朵中
战栗，我爬行在火石寨的山梁上
火红的丹霞地貌，给我
以燃烧的温暖

洁净的天空，藏不住
一抹蔚蓝的念想，白云下
一簇簇箭竹，突出火焰的包围
娇羞的小草，用惊奇的目光
迎接我的到来

转过山梁，我与一个
捡拾空水瓶的小姑娘
相遇，她身后的山梁上
开满了无数紫色的小花，透过她
清澈的目光，我找到了

月亮河的故乡

此刻，城市的喧嚣
被风吹远，寂寥的心
在一棵草里呼吸，在一朵花里
灿烂。我看见
红色的波涛，席卷而来
燃起五月的火焰

《葫芦河》2015 年第 2 期

西海固时光

在西海固大地上，与一棵草木
对视，已经好多年了
飞翔也罢，低伏也好
却始终默守着自己的轨迹

我时常行走在
从乡村出发到城市终结的道路上
在预设的宿命里
不显山，也不露水

当河流越来越小
云朵也拧不出雨滴
我真想落草为寇，占山为王
守住，即将消失的村庄

我试图，在春天来临时有所改变
满山的草木，早已覆盖了我的脚步
瓦亭驿，在绝世的风尘中

清除，我多年未曾梳理的混乱

我想放下生活中不需要的奔忙
在丝绸古道边，种树种草
在一个叫瓦亭的地方，养牛养羊
并对所有的人说，这就是我的村庄

我不想与自己为敌
也不想和季节争短长
只想，在西海固时光里
做自己的"王"

《葫芦河》2015 年第 2 期

萧关夜

黄昏即将来临，在坍塌的城墙上
我触摸到了一根断骨。我认定
这根断骨与我有关，我摆脱不了我的影子
我想在牛粪里取暖，在烈酒里舞蹈

青砖蓝瓦，变换着季节的烟岚
驿站的屋檐下，遗失的马灯
让时空模糊，让大地清晰
背阴的树林中隐藏着秦始皇的长戟
颉河里流淌着乌氏戎的血液
朔风咀嚼出时光的味道

俪人长歌远行，金佛抱石而居
陇山残月，隐去了一个游牧者的身份
很长时间，我是一个失语者
那些长在瓦楞中的蒿草，让我感动
那个遗失在萧关的秦朝女子
今夜，不知在谁的怀里哭泣

《宁夏文艺界》2018 年第 2 期

弹筝峡

陇山之木，沿泾水而去
伐檀之声，穿越大原的旷野
京城的花灯已远，西域的风沙渐近
萧关玉塞，流过行人商贾
匈奴的铁骑，昨夜刚刚离去
大汉的使节，今晨已然造访

路边的残砖碎瓦，多像
一个破碎的王朝，有时候
历史和自然就是那么巧合
生存和毁灭，繁华与荒芜
总是在一根草里记起，又在
另一根草里遗忘

更多的时间，我幻想
与那位身着丝绸的汉朝公主相遇
在弹筝峡，演绎一段
山水清音的绝唱。我要控制好

内心的流水与火焰，让云朵

忍住激动的泪水，不要在风中轻易滑落

《原州》2019 年第 2 期

瓦亭驿

一座城，虚幻了两千年的时光

三万里河山，正在逼近

向北，大漠自有孤烟直

向西，长河应有落日圆

今夜，梦回不筑长城的唐朝

怀揣美酒，与吐蕃对饮

我们像分散多年的亲戚，说起原州

说起泾州，说起我的兄弟姐妹，眼泪

在篝火中凝固成虚构的"盟约"

黑夜的风，在柔弱的马灯里

找不到突围的出口，清水河畔

我和不死的杨柳相依；河西走廊

我与远去的鼓角对视，长歌短笛

篡改了水门关外的春风

《原州》2019 年第 2 期

小南川

萧关以南，风景秀丽的小南川
隐藏着一个恒久的秘密
我不想把一位英雄与一个屠夫联系在一起
我情愿相信，他是天之骄子

从科尔沁草原飞出的雄鹰，燃烧着烈焰
一辆征服的战车，直达黄河
贺兰山，在殷红的云朵中战栗
没有人知道，那一夜究竟发生了什么
一只草原的雄鹰，陨落在六盘山
西夏国在黄河的落日里画上黯然的句号

抚摸记忆，在错失的目光里
我想复活一个朝代的隐秘
把春天还给西夏，让悠扬的牧歌
在六盘山腹地响起，把安宁和幸福还给你
不说伟大，也不说辉煌，更不说忧伤

《原州》2019 年第 2 期

和尚铺

天苍苍野茫茫，风凄凄秋草黄

一群身背褡裢的行人，在萧关古道上

越走越远，大西北的柔肠

在六盘山下的一个小村庄，今夜寸断

我的王家兄弟，在和尚铺的一个小客栈

与五朵梅相遇。两个头脑发热的人

在一曲凄楚苍凉的花儿里拨动心弦

"走咧走咧哟——越远了

眼泪花儿飘满了

哎嗨哎嗨哟——眼泪的花儿心淹了

走咧走咧哟——越远了

褡裢的锅盔轻哈了

哎嗨哎嗨哟——心里的惆怅重哈了"

悲怆、哀怨的歌声

宛似天籁，优美的旋律

久久在王洛宾耳畔激荡

多么迷人而富有野性的歌

瞬间，眼泪花儿把王洛宾的心淹了

从此，我的王家兄弟

在大西北的丝绸之路上，一走就是几十年

在六盘山的"花儿"里采摘着芬芳

在纯朴的民歌中汲取着生命的营养

遥远的地方，成了他音乐的天堂

《宁夏文艺界》2018年第2期

风吹萧关

从来没有停息的风，在弹筝峡

反复和我相遇，满山的树木

绿了三千年不死，低伏的草

在延绵的山梁上，向时间致敬

风是无意的，吹拂了三千年

干旱和朔风磨砺下的历史音符已然远去

萧关，告别了古老的农耕

用葱郁的树木，培育起绿色家园

萧关，远离了北方的游牧

用牛羊，喂养着村庄的炊烟

三千年羽化出一粒种子

一粒，在泥土里孕育

在陶罐里长大的种子，此刻

在西海固的绿色中扶摇直上

我的萧关越来越像一位故人了

《原州》2019 年第 2 期

在冶家村看月

对面的山林把最后一抹霞光
收藏，一弯小小的月牙
挂在东边的屋檐上
像一位胭脂峡的姑娘

秋天的菜园里，玉米和油葵
说着悄悄话，丰满的豆荚
在月光垂下的线条上
荡着秋千，我在篱笆的后面
想着透亮的西红柿

夜晚安静下来，一阵风
迎面吹过，丰硕的菜园
献出成熟的柔情，月光中
飘着淡淡的农家香

此刻，你坐在菜园的石凳上
望着月亮，我站在不远的阳台上

看着菜园。秋天即将远去
就让我把爱，写在你的背面

《绿风》诗刊 2014 年第 3 期

给我一个寂静的秋天

在老龙潭，给我一个寂静的秋天
想象，你就是一尾鱼
游走在我的传说中
一辈子，我都在打捞你

我知道，你一直就在这里
潭水中深藏着你的影子
河流中闪烁着你的笑容
满山的树木呼喊着你的名字
好像很远，却似乎又很近

紫云英一样的小花，蔓延在
诱惑的山梁上，我站在
中秋的月亮上，和几只蜜蜂
对话，却始终破译不了
那些甜蜜的暗语

《朔方》2013 年第 11 期

相遇巧媳妇

园子里，种满了蔬菜
也开满了花朵
萝卜露出嫩绿的腰身
蚕豆挺起饱满的胸膛

阳光有些懒散，屋檐下
一位回族妇女正在捡拾蚕豆
几只鸡在不远处觅食
我和风都无所事事

吃饭时，餐桌上
摆满了玉米、洋芋
还有蒸面鸡、蚕豆汤和荞面饼
巧媳妇把菜园搬到了餐桌上

七天了，每天吃着可口的农家饭
却从没有见到过巧媳妇
就在即将离开的时候，我看见

她就站在菜园里，怀里抱着
刚摘的西红柿和青辣椒，微笑着
像一幅秋天的油画

《朔方》2013 年第 11 期

放马小南川

一群不明身份的人，正在
向小南川挺进

战马，早已放归南山
车轮，也已深埋草丛
唯有蒙古包，还站立在那里
接纳，一批又一批游人

我从没有像现在一样
在小南川，放纵一次自己
我坐在成吉思汗的战车上
向着青山吆喝，我躺在茵茵的草地上
看着白云从头顶飘过

当影子从我的眼前掠过
我多想，抓住云的手
在凉殿峡，制造一段传奇
放马小南川，我就是你的单于
你就是我，蕙质兰心的阏氏

《朔方》2013 年第 11 期

一点就着的村庄

此刻，我走在回家的路上
除了一湾即将封冻的河流
更多的是野草
那些没人收割的狗尾巴草
在河道的两边，像金黄的旗帜

还是几十年前的那条小路
只不过，路边的野草更加茂密
几乎没有什么脚印，干烈的蒿草
延伸到一座座荒废的院落，并且
随着风，一直穿透村庄

稍不留心，一粒火星
就能让一条路燃烧起来，包括
那条河流和那面山坡。我担心
这一点就着的村庄，会和这个冬天
一起燃烧，包括我的孤单和热烈

《华兴时报》2013 年 4 月 1 日

二十五年前的老炉子

今夜，一台二十五年前的老炉子
在母亲的房间，燃烧着

它是那样不起眼，甚至
还有点生锈。二十五年来
夏天，母亲用它做饭
冬天，母亲用它取暖

二十五年，是我们兄弟姐妹
长大成人的二十五年
二十五年，是我们姐妹兄弟
走出村庄的二十五年

二十五年过去了
而母亲，却依然守着她的老炉子
期盼，在除夕夜，我们都能回来
围着老炉子，一起说家常话
边包饺子，边看春晚，边喝辣酒

今夜，一台二十五年前的老炉子
在母亲的房间燃烧着
透过母亲的笑脸，我看见
春天在炉火中踮起了脚尖

《华兴时报》2013 年 4 月 1 日

拉驴的女孩

第一眼，看见你拉着驴
躲在路的那边，望着我
不肯向前，当时
我很好奇

第二眼，看见你拉着驴
驮着粪，和父亲一道走出村口
看见我，脸红了一下
加快了脚步

第三眼，看见你拉着驴
拐过山峁时，回头看了一下我
我确信，你就是我
前世遗落在村庄的妹妹

《六盘人家》2015 年第 3 期

山沟里的村庄

走在村庄的小路上
有山，有水，有花，有草
却没有了牧归的牛羊

房屋安静，大片的树林安静
路边那么多花，却没有人欣赏
空白的心，接近天堂

《风流一代》2013 年第 12 期

西海固的春天从不会招摇

明知道，春天已经来临

西海固，却灰着脸

一言不发，让一场风

接着另一场风，卷起

沉默了一个冬天的沉默

几只野山鸡从山坡上飞起

又落在山坡上，它们不知道该干些什么

解冻的清水河绕城而过

寒流再一次袭来，雪花在雨水里躲闪

树木无路可逃，只能在山坡上蔓延

山桃花，开，是悄悄地开

落，也是静静地落

不问行云和流水，不分白昼和黑夜

流言在春风中死去

桃色在清明里复活

西海固的春天从来就不会招摇

山不招摇，水不招摇

女人不招摇，男人还招摇个啥

只有隐忍在土地深处的灵魂

在风中躁动，我喜欢穿透花朵的光线

《固原日报》2015 年 4 月 2 日

萧关笔记

此刻，我能够想到
一匹枣红马在战旗下的狂奔
隐约听见草丛中传来的喊杀声
在六盘山以东，被人们称为
"铁瓦亭"的萧关

穿过弹筝峡，就像
穿过旧有的时光
我还没有喊出你的名字
你就在一滴露珠中透亮出你的山河

我不止一次地臣服于你的坚韧
欣赏你春天的勃发，夏天的繁荣
秋天的摇曳和冬天的燃烧
我甚至感觉，我和你一样
在一棵草中呼吸过风、经历过雨
经受过闪电和雷鸣，倾听过
秋虫的鸣叫和村庄的鸡犬声

领略过大自然赋予我们的鸟语花香
我们像植物一样，从容、淡雅
不世俗，也不沧桑

曾经，我们和一棵树并立
与一条河流同向。在瓦亭的古街上
我无法阻止一座房屋的老去
就像无法预知一场风雨的来临
人活一世，草木一秋。多少次
我都无法抵达你的内心
虽然，这是我一直所企盼的

就像，我在尘世的这边
而你，在远离尘世的另一边
陷落的城池，保留着半壁
残章断句的孤独。一架马车
先于一辆火车穿过了萧关
迟暮的诗人和美丽的邂逅，好像
已经失去了联系。在你隐忍的身体里
我多么想，扶起那架生锈的犁铧
在春天即将过去的时候，播种
那份失落已久的想念

《固原日报》2013 年 8 月 13 日

黄河以南

黄河以南，是西海固
大多数时间，在无雨的天空下
我只能仰望一朵存活在记忆里的云
无数次想象，西海固
就是被黄河风干的一滴水珠

在五月的烈日下，我的静默
被一阵风带走。行走在村庄的炊烟里
更多的草木，给我干涸的疼痛
太阳落入六盘山之后，黄河
离我们很近，却又很远

每个人都无需隐藏疼痛
持续的风，让大地的肋骨
更加坚硬。今夜，一群西海固诗人
等着我和他们一起喝酒，而我
却醉在黄河金岸，不能启程

2013 年 5 月 28 日

挖洋芋

十一长假，我在六盘山下
一个叫米堡的村庄
挖洋芋

镢头挥起，落下
再挥起，再落下
密密麻麻的洋芋排成了长队

喝一气地头的山泉水
满手的泥土散发出
秋天的香气

对面的山坡上
金黄的落叶松
远远地向我致意

蓝天和白云
一再向我靠近，大地
睁开最美的眼睛

2013 年 10 月 12 日

在古雁岭

昨天，是我第一次去古雁岭
我看见路边的树干上刻满了字
最清晰的一行是"张小龙爱李小娟"
我就用手机拍了下来

在澍雨轩，我不认识"澍"字
我躲在它的后面，看一枚仍然挂在树上的叶片
寒风穿透我的衣领，那片摇曳的树叶
以最美的舞姿，落入我的沉思

我不知道张小龙是否还爱着李小娟
语言的断刀，无法止住寒冷的疼痛
那些刻在树上的名字，被柔软的岁月
慢慢覆盖，渐渐看不清模糊的表情

2013 年 11 月 17 日

月光如水

风，从远方吹来
逼近一座城、一道关
我的目光，高不过
萧关古城上的一株蒿草

青砖蓝瓦越来越亮，在树影下
闪着黑光。奶奶坐在老屋的窗户下
剪着窗花，投影映在窗纸上
像一幅古画

我时常走在瓦亭的古街上
却始终不明白，一个
足不出户的老人，用一把剪刀
就能剪出一个精彩的世界

我仿佛看见，那一幅幅图案
在月光下，微微地舞蹈
我好像听见，那一帧帧喜字

在远去的河流里，轻轻地喘息

在萧关，我想拥有这样一个夜晚
剪一段河流，盛放汗水
绣一轮明月，映照安详
筑一座城池，留住古风

2014 年 5 月 19 日

灯盏花

一株细碎的灯盏花
在向阳的山坡上
静静地开放

纤细的腰身
在温柔的夏风里舞蹈
娇羞的脸庞
低垂在相视的心跳中

我知道，你天生
就是村庄的一味药
一味能够驱逐寒冷
驱逐病痛和苦难的良药

只要你轻轻地吸口气
村庄的胃，就不痛了
只要你微微地笑一笑
村庄的感冒，就好了

你伸一伸小蛮腰，村庄的腰杆
一下子就挺直了

《葫芦河》2015 年第 2 期

子夜的小村

再回村庄，小河水、红砖房
向日葵和红梅杏，很多熟悉的事物
显得有些陌生，从村口到家里
没有碰见一个人，我的赵庄
在寂静中，消瘦了许多

夜幕降临，原本四五十户人家的村庄
只有三五家亮着灯火，荒草在紧闭的院内
疯长。他们，是已经搬迁，还是
外出打工？黑夜笼罩的村庄
让我感到了心虚，月亮悬挂在空中
我怕它会在天亮前孤单地掉下来

已经是午夜一点多了，我仍无法入睡
风吹过，时光像划过村庄的利剑
古堡的大门早已废弃，固有的正在消失
明天，或者明天的明天，这些庄户人
都出走了，我将再也听不到小村的心跳
一只爬出泥土的蚂蚁，也许就是我的祖先

《绿风》诗刊 2013 年第 6 期

一场雨在大湾偷偷地下着

进入八月，一场雨
在大湾偷偷地下着

风，不是太紧
雨，也不是很急
母亲的老屋
今夜开始漏雨

一种莫名的恐惧，在一滴雨水里
纠结，我不能出卖
一场雨水对村庄的恩赐

没有人知道，大湾的来历
瓦亭驿，像一个找不到家的孩子
今夜，在雨中轻轻地啜泣

2014 年 8 月 21 日

包　围

这一亩三分地，此刻
正被，漫山的野草和树木
包围，成熟的麦子
卷起惊恐的波浪

往昔，那些在七月聚首的伙伴
了无踪影，疯狂的绿色
一再围剿这仅剩的金黄
锋利的麦芒杀不出一条
救赎七月的道路

正午的骄阳下，我一再靠近
那些孤独的麦子，就像靠近
我失散多年的兄弟
举起镰刀，把久别的重逢
紧紧地，捆在一起

2014 年 7 月 31 日

收　割

第一镰，是汗水
第二镰，还是汗水
第三镰下去，我闻到了
久违的麦香

金黄的波浪里，挥舞的镰刀
抒写着属于自己的诗行
一排排躺倒的麦穗
在我的身后，汇聚成
七月的交响

积攒多年的汗水
在绵长的麦趟里，挥洒
所有的光阴，在一粒麦子里
沉默、发光

2014 年 7 月 31 日

呼唤麦子

这是一个村庄仅有的五亩麦子
是春天开始的时候
在母亲的多次央求之下
我买回麦种播种的

当大片的麦田被树木占领之后
母亲不愿自己的五亩地撂荒
一只远离村庄的麦鸟，在城市的一隅
呼唤着麦子

我知道，与土地相依为命的母亲
是不会轻易放弃一辈子的坚守
一粒麦子，锁定她
一生的时光

于是，这五亩麦子
便成了村庄唯一的景致
成了母亲这个夏天
饱满的念想

2014 年 7 月 31 日

我与乡村并肩而立

每一次回到村庄，都有一种不同的感受
天蓝、地阔，还有那么一点小清新

因为母亲，多年来
我总是在乡村和城市之间奔波

冬天回到乡村，坐在母亲的土炕上
和母亲说说话，与邻居拉拉闲
给母亲劈劈柴抑或挑一担水
活动活动被城市禁锢的筋骨

春天回到乡村，在田间地头转一转
心情就像路边探头的小草一样愉悦
给母亲的小菜园里担一担粪
帮母亲移一移树林中的小树苗

夏天回到乡村，盛大的绿色包围了我
一块块油松，一片片云杉，一棵棵杏树

绿得高耸挺拔，绿得婀娜多姿
穿行在其中，我感觉自己都成绿色的了

秋天回到乡村，路边疯长的蒿草
和村庄相偎相依。母亲在春天种下的种子
已经成熟，煮一锅玉米和洋芋
红砖蓝瓦盖不住乡村溢出的香气

每一次回到乡村，我都想喊出她的名字
不紧不慢的风，总是把一段时光吹远
我想用拼命的劳作，救赎自己
即便双手磨出血泡，累得直不起腰身

当我的汗水和乡村的土地融为一体
我才知道，在明媚的阳光下劳动是多么的幸福
这一刻，我感觉自己与乡村并肩而立
多年的奔忙和追逐是多么的虚荣

2015 年 7 月 6 日

一列火车在除夕穿过瓦亭

一列火车在除夕穿过瓦亭
它比我声势浩大

烽火台和秦长城一闪而过
只有古萧关还停在那里

朔风沿着狭长的丝路古道
追赶那个前往汉朝的人

《佛山文艺》2016 年第 7 期

草木之心

把你的名字
和我的名字写在一起
春天就来了

最初的火焰

我和你

一起站在黄昏的典农河边

被贺兰山巅

一抹如血的火焰

点燃

我们开始燃烧

已逝的旧山河

咬碎，所有过往的岁月

在黑夜到来之前

将自己彻底打开

谁也没有急于说出

一棵树的前世今生

也没有泄露

一枚叶的相思密码

只是那样静静地站着

直到夕阳西下

那最美的云霞，慢慢地

吞噬了你，也吞噬了我

我们来不及逃避

这最后的热烈和最初的火焰

2016 年 12 月 26 日

桃花一再盛开

此刻，阳光正好

不冷不热。风也正好

不大不小。借着三月的好天气

我正好可以逃出城市的喧嚣

在一面向阳的山坡，看桃之夭夭

杨柳还未吐绿，春草还未探头

我不相信，这面荒芜的山坡

一夜之间，被万千的粉黛包围

漫山的桃花，在我不经意的回眸中

红着脸，低眉暗笑

慌乱中，我的来路和去路

被风中的花香围追堵截

我感到，在我未疯之前

满山的桃花都疯了，她们

不顾一切，向我这个城市中的傻子

一再盛开

《山东文学》（下半月）2014 年第 4 期

如果有一天我在风中消失

就这样，喝着喝着

自己把自己喝醉了

就像一粒来自天堂的种子

接近不了大地，也返回不了天空

所有的苦，都卡在喉咙

吐不出，也咽不下

我想喊出自己的名字

却发不出声音

在一次又一次的挣扎中

阳光直线下垂

一棵大树，紧紧地抱住了我

却没有和我说一句话

所有的人都看着我

他们懒得搭理一个醉汉

就像风，轻轻地滑过我的身旁

几只小狗在不远处戏耍

我怕它们吃掉月亮

就把天空和大地颠倒了过来

说真的，如果有一天

我在风中消失，天空

是否会多出一片云朵？大地

是否会深藏一粒种子？

在你不经意的时候，长出

一颗没有污染的果实，为我

做一份真实的证言

《里下河》诗刊 2015 年第 1 期

桃花宴

我为春天，种下一场雨
草木之心被瞬间点燃

梯田环绕，峁塬纵横
在我必经的路上
满山的桃花，提前预设了
一场春天的盛宴

杏花给我把盏
桃花为我斟酒
我不知道，哪一朵
是我前世的红颜

只是，你还没有灿烂
我就已经醉了

《葫芦河》2015 年第 2 期

杏花雨

春天里，我喜欢在一棵杏树下
仰视一朵花的淡定和从容

无论是乍暖还寒，还是红杏出墙
你都是我初恋的情人
有偶尔的小浪漫，刹那的小温馨

你知道，什么时候该开
什么时候该落。为了爱
你情愿坠入红尘

即便失意、落寞把你层层包围
但你展现给我的永远是娇艳妩媚
你知道该在何时矫情，又该在何处流泪
一动一静都是写意
一颦一笑绽放温情

《葫芦河》2015 年第 2 期

我用草木之心爱你

把你的名字
和我的名字写在一起
春天就来了

那些和雨有关的往事
我都已忘记，唯有风儿
让春心开始荡漾

我们站在不同的山坡
相互守望
互相赞美

你说我是杏花雨
我说你是桃花诗
我用草木之心爱你

《黄河文学》2018 年第 6 期

睡在母亲的土炕上

现在是除夕夜
我睡在母亲的土炕上
你说怪不怪

腰不疼了，腿不疼了
失眠症也好了
一觉睡到大天亮

亲们，你若在外面落下了病
就回老家睡睡母亲的热土炕
那是人世间一剂最好的良药

《山东文学》（下半月）2014 年第 4 期

与一朵花对视

仿佛和我自己对视
憋在心里的许多话
哽咽在喉
怎么也说不出

轻轻地
咳了一声
又咳了一声
眼泪就出来了

2015 年 1 月 8 日

秋风辞

菊花开得正艳
却无人认领
这世上的美好
被我不经意地遇见

一簇五叶地锦
攀附在一棵枯树上
红黄绿三种颜色交织在一起
在秋风中烂漫了整个季节

夕阳剪下我的影子
贴在大地上，那枚
轻轻落下的红叶
仿佛为我而来

暮色中，虽然我看不清
你娇羞的面容，但我知道
今夜的霜花
一定只为你灿烂

《固原日报》2018 年 12 月 13 日

水　边

一排薰衣草，在水边
一群蝴蝶，从风中来
那些消失的和未曾消失的
都是一种风景

我来不及喊出你的名字
天空就倒过来了
阳光一再下沉
一滴泪和一滴水一样蓝

《固原日报》2018 年 12 月 13 日

带着固原的雨到银川

从固原出发时，就在下雨
这是每年七月不多见的雨
雨下着，车行着
沿路的玉米，以翠绿的"军姿"
迎接从天而降的雨妹子

黄河绕过沙坡头，穿过青铜峡
我不知道：此刻，风
是否属于戈壁，雨，是否属于河流
中卫的硒砂瓜给我更多的欲望
梦想在一株玉米里抽穗

我开始喜欢这一路的雨声
喜欢雨滴下涌动的绿色
万物进入最后的洁净
我在雨中
倾听黄河的心跳

2013 年 7 月 30 日

我的那些朋友

像一粒沙，被风吹散
又聚拢，远离故乡又回到故乡

从六盘山到贺兰山
我所遇到的山，都是有高度的山

从清水河到黄河
我所遇见的水，都是有温度的水

而从前的那些风呀雨呀
都是我生命中最好的风和最好的雨

2019 年 2 月 14 日

水 声

水声在我的体内循环
那条孤独的鱼，怎么也
游不出我的体外。我听见
一抹轻轻落下的霜花，杀伤
这个夜晚。你寒冷的样子
像消瘦的萧关，回到了汉朝以前

《黄河文学》2018 年第 6 期

故乡的物证

这是一个微雨的黄昏

似乎一切都很朦胧却又很清晰

那一条蜿蜒延伸的小路

那几棵羞羞答答的杏树

那一座露出蓝瓦的老屋

那一扇半开半掩的红色大门

还有对面山上色彩斑斓的树林

一切都在细雨中显得那么安详

炊烟还没升起就在雨中融化了

路上没有行人，只有我独自站在村口

感受被雨和夜幕渐渐笼罩的世界

在没有月光的夜晚，我的内心

却拥有一份清澈的孤独

不是所有的人都能回到故乡

在盛大的时光里，那些流逝的风景

如同抹不去的记忆

成为故乡最后的物证

在雨中越洗越亮

2017 年 10 月 14 日

无法远离的清明

这一天，风
在赶路，我也在赶路
我要赶回遥远的村庄
回到"老地方"，与您相见

父亲，这是我和您之间
没有约定的约定，是我
始终无法远离的清明

穿过狭长的村路
迎着逆向的朔风
我仿佛看见

您，扛着闪亮的钢枪
走过 1949 年的天安门广场

您，唱着志愿军军歌
雄赳赳气昂昂地跨过鸭绿江

至今，我还记得
您在战斗中负伤的黑指甲
像这黑色的墓碑一样鲜亮

一张纸，被风轻轻地吹走了
另一张纸，瞬间化为灰烬
桃花隐藏了春天的忧伤

在四月的风里
我抚摸着那块庄严的墓碑
犹如抚摸着你们那一代人的豪气

《固原日报》2019 年 4 月 4 日

这个时候

有人去科尔沁草原

有人去西子湖畔

有人去木兰围场

有人去敦煌飞天

只有我想回到萧关

与草木相伴

在十月的炉火中取暖

《宁夏日报》2019 年 4 月 4 日

心　洞

一棵老柳树
身上有一个洞
一个被岁月
击穿的黑洞

起先，是一条小裂缝
后来，成了一个洞
不断地自我燃烧
最后，穿透内心

站在这棵老柳树面前
我在想：每个人身上
是不是也有同样的黑洞
只不过，我们自己
看不见而已

2013 年 9 月 29 日

风信子

当我要回老家的时候
阳台上的风信子开花了
紫蓝色的小花
紧紧地拥抱在一起

暗香弥漫在我的周围
像告别，又像在挽留
当我转身锁上房门的一刹那
她眼中闪亮着蓝色的忧伤

《诗刊》(下半月)2019 年第 11 期

突如其来的一场暴雨

现在是下午两点二十分

我经过人民街，走在上班的路上

天空阴云密布，一阵风吹过

炸雷响起，我的身体和路旁的小树

一起倾斜，雨点瞬间落下

被雨追赶的人们，四处逃散

摆摊的都躲在了屋檐下

不远处，建筑工地上的工人躲进了空旷的楼房

我不敢停留，急急忙忙赶往单位

在风中，和雨赛跑

这是突如其来的一场暴雨

站在屋檐下，看着肆意泼洒的雨水

我有一种久旱逢甘霖的欣喜

人到中年，我还没有像一场雨一样

酣畅淋漓地挥洒过自己

远远望去，山峁上裸露的黄土

像撕裂的一道肋骨

被一场突如其来的暴雨，一再鞭打

连绵的山岗，浑浊成一股汹涌的波浪

冲下山梁，涌进我的眼眶

此刻，我能够想到

一棵草在雨中的欢愉

一朵花在风中的舞蹈

干旱的北方，多么需要一场

突如其来的雨

而远在南方的你，此刻

会栖息在，谁的屋檐下

又将依偎在

谁的花伞里

2013 年 5 月 7 日

一朵花绽放在我的眼里

那是一个生命悸动的季节
那是一个桃花盛开的春天
我的目光被一面山坡俘获
一朵桃花绽放在我的眼里

从一棵树到另一棵树
从一座山到另一座山
一位来自桃花潭的女子
多像我乡下的妹妹
在春光里穿梭

所有的色彩，都是她
一路撒下的欢愉
蜜蜂的嗡嗡声，犹如孩子们的惊叫
村庄，在桃花的簇拥中微醉
我喜欢家乡盛开的样子

《葫芦河》2015 年第 2 期

阳台上的蚂蚁

不知什么时候，一群蚂蚁
和我居住在一起。我站在它们中间
仔细地偷窥，看它们细长的腰身
和黑色的裙裾，我甚至听到
长长的队伍中发出"咯咯"的笑声

我点燃一张报纸，想给它们一个警告
它们在火焰中四散逃逸。我坐在沙发上
感到我的王室，在一点一点地沉陷
最后掉进蚁穴，千万只蚂蚁
在不停地啃咬我的心

2014 年 4 月 22 日

那么多

那么多涌向年末的人
在昨天和今天之间
来不及停留，渴望的目光
在拥挤的人流中，缩短
我与故乡的距离

那么多村庄消失了
道路一再拓展、延伸
寒风咬紧我的衣角
我的呼吸愈来愈紧促
和那么多人挤在一起
我停不下回家的脚步

那些从乡村逃逸出来的果子
此刻，又要被劫持回去
吃喝拉撒从腊月走入民间
没有人会为最后的日子让路
所有的人都挤在一辆年末的列车上

村庄、田野、河流、山川

一切都在年末返回

所有的道路，都在吆喝着回家

那么多人，打开房门

迎接，那么多回家的人

2014 年 1 月 26 日

一只鸟飞过

更多的时间，我将面对自己的沉默
我不能把村庄鲜亮在桃花的枝头
也不能把河流，隐藏在大山的深处
更不能将满山的荒芜，带进
一片树林的遐想。我只能
在村庄的隐忍里，握紧犁铧

更多的时候，季节带给我的
是一种等待，是对一场雨的等待
是对一片云的渴望。没有人知道
多年的干旱，在西海固大地上
如何肆虐。一只鸟飞过天空
所有的庄稼燃起火焰

此刻，大地倾斜
渴望的汗水，被一粒悲伤的灰尘
击中。遥远的闪电啊
请为我劈开一条
逃生的道路

《绿风》诗刊 2013 年第 5 期

我愿守着一粒尘埃的承诺

今夜，你说南方下雪了

好大好大的雪花，像天使

飘落人间；像蝴蝶

把千年一梦，还给

梁山伯和祝英台

而我，在北方

守着苍茫的大地

听风从塬上吹过，凛冽地呼叫

划过树梢，把冬天的想念

在孤寂的夜晚，吹远

你说，雪是从北方飘来的

每降落一次，你就多收到一份爱

每融化一片，灵魂就多一份香气

尤其在今夜，雪已覆盖了江南

覆盖了断桥和白娘子的幸福

我不知道，这是否

是一种天意：北方的雪花飘到了江南

而我，在遥远的西海固

守着一粒尘埃的承诺

冬天的思念，像雪花一样漫过

《绿风》诗刊 2014 年第 3 期

登山合影

在冶家村的秋天
我和一群不同身份的人
去登山

在半山腰，我与一位画家合影
秋天被定格成一幅优美的画卷
我与一位诗人合影
河水抬起脚步登上了高山

下山的时候，我与
村口锄草的一位妇女合影
她成了地里的一棵树，而我
却像路边的一棵草

2013 年 9 月 20 日

我悄悄地对风说

那是一个寂寥悠远的秋天
那是一个月亮初升的夜晚
风，在菜园里荡着秋千
我看不见你的脸
却能感觉到，你的气息
在月光下蔓延

要怪，就怪那晚的风
让你误入我的视线，把我
一直想对你说出的誓言
轻轻地挡在了门外。不远处
那座小村庄，再一次唤起
我对一株植物的渴望

我知道，风来的时候
你就来了，带着秋天的期盼
雨来的时候，你就来了
带着潮湿的思念

叶落的时候，你就来了

捡拾遗失的情缘

《朔方》2013 年第 11 期

这些年

这些年，我不紧不慢
从一个季节走向另一个季节
从一个极端走向另一个极端
落叶是我遗弃的时光
果实，总是在不远的地方等我

故乡渐行渐远，不记得当年
我是怎样走出村庄的，我羞于说出
我对苦难的逃离。洁净的天空
掏出蔚蓝的良心，太阳和月亮
注视着我，在西海固大地的行走

遗弃的土地，在荒芜里
更加沉默，愤怒的野草
遮蔽了大地之门，种子从泥土里爬出
又在泥土里消失。多少个夜晚
在钢筋水泥的阳台上，我遥望着
六盘山以南，即将消失的村庄

河流的断剑，挂在星星的眉梢

一首尚未完成的诗，蜷缩在朔风里
萧关在不远处看着我，两千多年前
它已为我铺就了返程的道路
而我，却在欲望的大海里，依然等待
一枚虚幻的果实。大雪又一次降临
谁能给我一双透明的翅膀，让我带着原始的洁净
一头扎进故乡的温热，融化我

2013 年 11 月 28 日

留一段空白

落在大地上的雪
让我想起，这世界
需要一段空白

不要把自己填得满满的
功名与利禄，欲望和幸福
留一段空白给自己吧

让心情歇歇脚，让阳光驻驻足
让春天的脚印，留在
冬天的雪上

《原州》2014 年第 4 期

一棵孤独的树

须弥山——
这是一座众神之山
相传有四洲七山七海
三千大世界

我曾无数次造访过须弥山
看桃花，拜大佛，听松涛
却从没有像今天一样
顶礼膜拜一棵树

这是一棵历经北魏风
沐浴隋唐雨的神树
在坚硬的红砂岩上
比须弥山高了一个树身

在"小千"世界
它比芸芸众生低
在大千世界
它比宇宙诸神高

《绿风》2016 年第 6 期

一场风吹过秋天

就这样，我在等待
一场风给我的抉择

从八月的最后一天开始
我就感到莫名地烦躁
一天，两天，三天……
我像一片告别的叶子
在守望和离别之间，飘忽不定

从东到西，从南到北
有的人来了，有的人去了
就像春天走过夏天，秋天走过冬天
季节，从不会因为我的等待
停留片刻

风，说吹就吹了
是一种穿越也是一种挽留
雨，说下就下了

是一种缠绵也是一种想念

面对远方的远方
我还未启程，你却已经返回

2015 年 9 月 8 日

落 叶

没有风，我也能听见
每一枚树叶落下的声音

被我捡起的
成为这个世界最美的风景

任意飘零的
砸伤一直支撑还得支撑的中年

我知道，彼此相拥可以取暖
即使分开，也能一起对抗世间的苦难

2018 年 10 月 28 日

时光飞翔

坐在城墙头
我感到，一株蒿草有了高度
一列火车从我的身后穿过
颤动的城墙，让所有的草木
开始飞翔

为你写一首诗

这些年，我写过许多诗
却从没有给你
写过一首诗，一首
只属于你的诗

我怕，这首诗写出来
我的真诚就没了
草尖上的露珠就没了
风中的太阳也没了

所以，我一直隐藏着
隐藏着我的孤独我的寂寞
隐藏着我的荣耀我的骄傲
隐藏着我与这个世界美丽的相遇

没有人知道，云朵
飘在天空，是为了绚丽大地
而我来到这个世界上

就是为了爱你

我要打开我的隐秘
在水草丰盈的时光里
采撷天地日月之精华
让万丈光芒照亮你的容颜

我要颠覆我的世界
在无限远的宇宙空间
缩短我与你的距离
让两颗心碰撞在一起

让你，拥有我的光华
而我，拥有你的美丽

2016 年 11 月 18 日

被这个世界温暖地爱着

有时候，一个人独坐

感觉整个世界都在静默

花和花低语，草和草呢喃

树和树相守，山与山相望

没有名利没有地位没有卑贱

既沐浴阳光，也接受风雨

盛开，是一种姿态

枯萎，是一种轮回

一花一世界

云淡风轻是一种境界

一树一风景

超然面对是一种豁达

世界上最美好的事物

不是上天赐予我们的

而是，我们自己给自己创造的

那种生命的本色

很多时候，想拥有的
未必拥有；想得到的
未必得到；想珍惜的
却在不经意间流走

想想也是
人活一世，草木一秋
能被这个世界温暖地爱着
也就足够了

《固原日报》2016 年 3 月 5 日

我有一个伟大的想法

就是

在这辽阔的人世

用诗歌这把快枪

给自己

致命一击

让灵魂

下一回地狱

至于理想

就让它

去

自己想去的地方

除了天堂

2015 年 5 月 12 日

露珠的抒情

不是遇见

是一种前世今生的抵达

一滴露珠，浓缩了

岁月的精华

所有的爱

在黑夜里聚集

所有的情

在黎明中绽放

多少次，隔着时空

在一滴露珠里寻找梦想

让每一粒种子，在泥土中发芽

与草木不分高下

多少年，咫尺天涯

在一地霜花里追忆乡愁

让远去的炊烟，穿越时空

袅袅成心中的灯火

一滴露珠是一面镜子
映照着故乡的笑脸，映照着
父亲的沉默和母亲的善良
妻子的温存和儿女的灿烂

看，阳光照在露珠上
露珠里有晶莹的花朵
汗水洒在露珠上
露珠里有泥土的清香

面对故乡，我喜欢
一滴露珠的抒情
喜欢在一个微小的世界里
包容爱和伤痛

面对生活，我喜欢
沾满露珠的日子
喜欢在草木春秋的浸润中
渲染山河壮美的灵秀

2016 年 3 月

也许会遇见你

启程的时候，我就想
也许，在黄河金岸
会遇见你

那是一副怎样的眼神呀
比沙湖的月光还要深邃
瞬间的对视，让所有的语言
失去表达的意义

那一刻，我不知道说什么好
真的，我真的不知道
一缕风，会吹皱沉默的秋水
一条河，会容纳所有的记忆

在你清澈的眸子里
我看到了黄河的纯美
在你相逢的笑容里
我感到了火焰的妩媚

我知道，在黄河金岸

我会遇见你

却没有想到，你是

如此的美丽

《宁夏日报》2013 年 8 月 1 日

独　饮

这是我，今晚的最后一滴
密钥，在我举杯之前
我将把刻骨的铭文，刻在
一段隐秘的月光上，不想
爱，也不想恨

即使这是你，给我的一杯毒酒
我也要以最美的方式
在时间的盛宴里独饮
然后说出，从来不敢说出的
真话

2013 年 2 月 13 日

与你相见

那个下午，我和你
在一杯红茶里相遇
抿一口醇香，温情
浸透了激荡的心扉

勿需言语，一切
都在相遇的那一刻
如期抵达，一杯滚烫的茶水
包容了你所有的悲苦和忧伤

我用积攒多年的时光
浸泡，你的端庄
用蕴藏多年的炉火
温暖，草木之心

此刻，我们相互包容
又相互偎依，不离不弃
在我面前，你可以尽情舒展

你的优雅和委屈

我们相忘于山水又相聚在江湖
彼此抱紧各自的孤单
在恬静成熟的韵味中
我把以前错过的幸福，还给你

《葫芦河》2015 年第 2 期

冬天即将来临

秋天即将过去
冬天将要来临

我蜷缩在城市的一隅
每天与落叶对话
任风吹扬，飞翔是一种姿势
飘落是一种态度

没有人知道，自己的下一站
将走向何方，在季节的深处
只有一个劲地挤上或挤下

风吹来，即使拉紧衣角
也有一股穿透内心的冰凉
行色匆匆的人们，难逃
季节预设的法场

《佛山文艺》2016 年第 12 期

一块标榜自己的石头

过了今天，我比昨天老了一岁
时间说走就走了，没有留下任何痕迹
我的空白，比天空的空白还要空白
我不知道，雪花会不会哭泣
风，含着眼泪，却发不出自己的声音

此刻，面对一块石头，我感到自己是多余的
那些陌生的或者熟悉的，以及温暖的或者寒冷的记忆
不知不觉，被刻进了一块标榜自己的石头
我们再也回不去了，似乎一直在路上
看不到终点，只有比远方更远的远方

《风流一代》2019 年第 7 期

这一年

不要和天空一般见识
因为，你不会飞翔

不要和大地一般见识
因为，你不是种子

不要和流浪狗一般见识
因为，它无家可归

这一年，谁遇见谁
都是神的赐予

有人从你的身边经过
却没有停留

有人从你的梦中穿越
却成为风景

趁着大雪还没有到来之际
坐着绿皮火车回家吧

遥远的村庄
是你一生致命的硬伤

2017 年 12 月 28 日

遥远的红树林

今夜，让我从一次相遇
开始说起，遥远的红树林
在北纬 38 度的地方，等我

人生的缘分，也许
本来就是从一个故事开始的
温暖的烛光下，你说
在我的影子里，融入
你的影子，思念
在柔弱的雨滴里，开始
向深夜漫延

于是，我的思绪
在一杯红酒里，精魂一样
跳跃，远方的红树林
是我初见时凝目含笑的样子
那双尖利的虎牙，在静默中
对我是一种无形的杀伤

干旱的西海固，难得有一场

这样的透雨，却被你

不经意地盛开，带走

在无限的期许里

我将株守，这绝望的爱恋

从一个故事开始

到另一个故事结束

《里下河》诗刊 2015 年第 1 期

某个时刻

我已经习惯于一种安静

就像母亲习惯于佛事一样

在一个地方待得久了

就想到另一个地方去

看到一位卖菜的大叔

在拖拉机的水箱上暖手

就像风吹进我的骨头

我知道，天空一直在那里

母亲一直在那里，而菩萨

却从未光顾

《黄河文学》2018 年第 6 期

更多的时候

更多的时候
我们都悬浮在空中
像一粒无法落地的尘埃

更多的时候
我们都记得陪自己笑的人
却不记得陪自己哭的人

更多的时候
我们总认为自己是最重要的人
却忘记每一天默默守望你的人

更多的时候
我们总认为自己是最受伤的人
却忘记哭泣中紧紧拥抱你的人

更多的时候
我们走着走着就把自己走丢了

找回来的已不再是自己

更多的时候
我们就是一杯生活的咖啡
甜和苦需要我们自己去调配

更多的时候
我不是你的世界
而你，却是我的未来

2017 年 6 月 2 日

正午的月亮

我总想把热爱藏起来
在这个夏天
我感觉自己的骨头是冰凉的
我总是在别人的清晨醒来
在自己的夜晚睡去
遥远的月亮，升起的是孤单
落下的，是寂寞

2017 年 7 月 22 日

七夕的早晨

一如既往
妻在广场跳舞
我在广场散步

我看见，一对老人
相互搀扶着，在广场上
一瘸一拐地往前走着

怕影响别人，他们尽量靠边
走走停停，停停，再走
两只手，却始终紧紧地拉在一起

我放慢了行走的速度
跟在他俩的身后
看着他们安宁的步履

我在想：牛郎已老
织女也不再年轻

七夕的早晨

他们相互搀扶着，一起赶往鹊桥

2015 年 8 月 20 日

地球上不能只剩下人类

看见这句话的时候

开始，我还不大理解

回头再看，脊背有点发凉

面对自然

我们应当把日子过得

不加任何修饰

2019 年 6 月 5 日

我身体里聚积的毒越来越多

人到中年，我总是
在一段旧时光里，欺骗自己
虽然已经到了深秋，那些发不出声音的草木
依然在渐凉的秋风中活着

我知道，穿越我身体的
不是一季花香。一只温柔的手
从我的胸口划过，将我拦腰斩断
前50年给父母，后50年给儿女

只有那支烟，是属于自己的
点燃，熄灭，再点燃，再熄灭
时光被一段一段地燃尽
而身体里的毒却越来越多

吐不出，也咽不下
使劲咳，却咳出了一枚印章
比我的中年之心
还要出彩

2015年8月23日

雨天的午后

一个人，坐在恬静的秋光里
看另一种离开和回归
风是无意的，撩拨起
叶的心动

一场雨，在季节的深处
轻柔而舒缓。我们曾经遇见过
多少这样的秋雨，却留不住
一季过往的风景

在雨天，最适合想念
一个人坐在静默的午后
听雨滴滑落人间，仿佛
昨日无法把握的缘分

此刻，一段音乐
抑或一枚落叶
都是抚慰心灵的烟火
不会燃烧，也不会熄灭

2015 年 11 月 7 日

久违的人和久违的雪

秋草未黄，树叶还没落下
十月的风，把一群孤独的人聚在一起
在一家老店，陌生的人
和熟悉的人聚在一起

接下来的事情，大家都清楚了
写诗的不谈诗，书画者不说画
吃是次要的，酒壮怂人胆
一杯杯红的、白的、啤的下到肚里
话也多了，心也热了

我把陌生的感觉置于
这间房之外，带着很久的孤独
和一群寂寞的人拥抱
窗外，不知不觉间飘起了雪花
透明的格子窗，开始燃烧

久违的人和久违的雪碰在一起

我不敢收回目光，深怕
不经意的一次碰触
会让这个美好的午后
轻轻滑落

2015 年 10 月 30 日

点灯盏

今夜的烟花爆竹与我无关
今夜的元宵明月也与我无关

唯一与我有关的
是那一盘妻子做的面灯

在古老的习俗里
点一盏元宵夜的灯盏儿

默默地守护，那一盏
历经多少岁月也从未熄灭的心灯

2016 年元宵节

在五月的风里流浪

在我走过的路上
看山是山，看水是水
桃花开了，又落了
柳絮白了，也飞了

樱桃树居然结出了果实
颠覆了我在春天看到它们的想法
那些美丽芬芳的花
成为今夜失眠的月光

你知道，那段林荫道不长
刚好够一个夏天容身
当我们一起穿越
大半生的时光已经退去

夕阳下，有人拈花一笑
有人在一块年代久远的石头里
找寻自己的山河
而我，却依然在五月的风里流浪

2017 年 5 月 18 日

黄昏开始下雨

整个这一天，我对面的窗户
被一片浓密的云遮蔽
风不吹的时候
我以为春天已经走了

天快黑的时候，雨开始下了
你忙吧，我不再打扰你了
一滴水，在黄昏自由地飘落
没有长亭，没有短笛，没有笙箫

只有一小块亮起的路灯
在水里喂养着春天的小鱼
我似乎一直在雨中。其实
雨早就停了，只是我不知道

2017 年 5 月 3 日

清明有雨

在细雨没有到来之前
我赶赴乡村
赶赴时隔一年的荒芜

疯长的野草，越来越陌生
我只记得父亲的名字
其他的先祖，我一个也不认识

他们的风骨在乡村的风里隐没
唯有这乡间的小路
给我以永恒的指引

挂在树枝上的是雨水
滴落到地上的是眼泪
那些令人感伤的花朵
忘记了自己身处春天

2017 年 4 月 3 日

雪　魂

三月桃花
打开冬天的记忆

前世今生
那一场温暖的邂逅

每一个花瓣
都是你绚丽的灵魂

我要用冬天的雪花
喂养一只春天的蝴蝶

2017 年 3 月 31 日

我不喜欢这样的春天

我不喜欢这样的春天
人们所说的万物复苏，这话
错了几千年
起码，此刻我还未苏醒

我还在去年的冬天里
听三月的风叫春
我还在今年的雨夹雪中
看开了一半的桃花

我不喜欢纸上的春天
即使，那深情的绿流转千年
我也讨厌，有人
把一季的桃花，当三生三世去叫卖

逃离，抑或是背叛
我都不会选择春天
我宁愿在冬天的雪里深藏
也不愿在春天的雨中显现

2017 年 3 月 21 日

我的周末是寂静的

没有出门，没有电话
一个人静静地待在家里
从微信中看到故乡下雪了
没有点赞，没有评论
任凭漫天的雪花
在手机里悄悄地飘落

春天的雪落地就化了
没有风就没有你的消息
我在寂静中一遍又一遍想起
一个人在春天的雪中行走
心中是否有温暖的诗意

阳台上的风信子开花了
紫蓝色的花像我一样安静
她是否也在等待一场雪
在寂静的周末
把春天的思念打开

2017 年 3 月 11 日

这个夏天

和从前一样
唯一不同的是
我在家里多陪了母亲几天
每天听她自言自语

第一天她说
你大七八天没有回家了
你给打个电话看在哪搭哩

第二天她说
你大十几天都没有回来了
你们弟兄几个出去给我找去

今天，她再一次说
你大好像一个多月都没有回来了
不知道死到哪里去了
你给我出去找去

我大已经去世三十多年了
我到哪里给母亲找去

她每念叨一次
我的心就疼一次

注：大，固原方言把父亲称作"大"。

2017 年 8 月 18 日

142

好脾气是一生的修为

你的脾气真好
有人这样说的时候
我只是笑笑

唉，有时候
我也想发火，我也想骂娘
只不过每一次
我都忍住了

2018 年 8 月 3 日

老街道

一条丁字形街道
连着东门、西门和南门
光亮的石板路，映出
秦汉商旅的影子

在这条石板铺就的街道上
一个小脚女人，从遥远的孟家庄出发
在瓦亭驿停留了一夜，第二天
哭塌了秦长城的一角

2013 年 1 月 28 日

风吹过

萧关已远，我仍抱着一块青砖

在汉朝等你。把花轿等成满山的桃花

把围场等成裸露的荒山。风吹过

我随云朵一起奔跑，阳光跟着我

丝绸古道的尘埃，湮没了

一个身影，只有你

在风里，笑得那样灿烂

2013 年 6 月 26 日

坐在城墙头

我感到，一株蒿草有了高度
比六盘山略高，比时光
略低，仿佛一个人内心的仓皇
在坍塌的城垛上，慢慢长出
一列火车从我的身后穿过
颤动的城墙，让所有的草木
开始飞翔

《新消息报》2015 年 1 月 5 日

旧时光

我想在旧时光里，和你相认
把你的名字种在一首诗里
在蒹葭苍苍中靠近你
在望穿秋水中等待你
在白露为霜中收获你

《固原日报》2013 年 8 月 21 日

静听阳光

在白云寺，静听水声
静听阳光，看白云悠悠
风，吹过风；树，靠近树
佛音起处，我已在
万丈红尘之外

《固原日报》2013 年 8 月 21 日

君如雪

在这个干涸的冬天
我把满天的星星聚拢
堆成一个雪人，把银河的水
攥在手中

一枚雪花的印章
刻在原野上。雪白的小狐狸
迈着细碎的步子
逼近春天

在我还没来得及说出
昨夜的寂寞，你已
抛下万物，迫不及待地
偷渡人间

2014 年 2 月 7 日

今天立春

我站在马路边，看着儿子
坐上车，走了
风，吹着雪花
在沉默了整整一个冬天之后
开始与这个季节的搏杀

我以纯粹的寒冷
迎接一株草的寂寞
拥抱一滴雨水的盛开
我以远离的炉火
煮沸内心小小的激动

这些年，在我的梦里
反复出现的，是那座旧院子
和那座老房子。打开日历
你说今天立春，我的梦
就醒了

2014 年 2 月 4 日

我的雪

必须从冬天开始
从十一月冰凉的手指开始
接近你

我站在古老的萧关
想起八百年前的一朵雪花
犹如爱过的一个人

没有预设的疆域
没有虚构的时光
只有云朵和故乡

我们忍住了一生的空旷
却没能忍住这短暂的寂寞
从一场风开始，重整自己的山河

2019 年 1 月 3 日

一座城的距离

在这座不大不小的城里

我们发生了激烈的对抗

她坚持要回到乡下

好像，她坐在城里

地里的庄稼就不生长了

我只有妥协，只有让她回去

那些被遗忘的庄稼

在她一次次的逃离中

再一次复活

与她保持着一座城的距离

《诗潮》2017 年第 8 期

我中你的毒太深了

我想将这一季的桃花送给你
但我不能，我怕伤了春天的心
我只能在千里之外，默念着你的名字
反复说着同一句话
其实，这句话也正是你想说的
我中你的毒太深了，不能自拔

2017 年 4 月 18 日

青铜有声

我想靠近你，以水的姿势
融入一条河流的奔放
以经石为证，在唐朝的浪尖
采集羽化向善的心经
把千古不变的世俗，拒在
随波逐流的远方

西域过客 （组诗）

在敦煌

今夜，我在敦煌
在河西走廊的最西端
在敦煌的闹市区
和摇曳生姿的琵琶女相遇

她给我说起阳关
说起秦汉和隋唐
说起西域和中亚
说起一条路和一座城

我给她说起萧关
说起北魏和西夏
说起中原和塞外
说起贺兰山和须弥山

说着说着月亮就圆了

在她美妙的舞姿中

我仿佛看见

美丽的月氏女向我走来

从她反弹琵琶的琴声中

我听出了须弥远古的梵音

两个原本来自塞外的人

两千多年后在敦煌相认

月牙泉

是你牵引着我

一路向西

向西，是我一生中

唯一的方向

沙漠、白云、蓝天

月牙、泉水、楼兰

飞天一笑，流沙缠绵

一个人在苍茫中，追寻千年

有人说，这是最远的路程
而我却感到，这是最近的距离

在敦煌，一粒沙和一滴水
是天地大美

葡萄沟

在葡萄沟，我想
我会遇到一位
长着黑眼珠的姑娘

没有传说中的火狐狸
黑葡萄在峡谷中晶莹闪烁
闭着眼睛也能嗅到暗伏的凝香

布依鲁克河在我的身旁
柔柔地漫过，达坂城的姑娘
端坐在一枚葡萄中

"嘘——"请不要说话
我怕轻轻一碰
这世界就碎了

天　池

沿着西行的道路
我正在一步一步接近
梦幻的天堂

先是花草，然后是树木
裸露的荒山不见了
茂密的丛林向我涌来

对面的山坡上，飘浮的云朵
和移动的羊群融合在一起
天空的蓝掉进了天池

天空倒过来了，它拥有了
湖光山色和苍茫的大地
而我，却拥有了蔚蓝的幸福

交河故城

雅尔和图[1]，这座"东方的庞贝城"
我再也无法将你拼凑完整
无法还原你原初的模样

两千多年前，车师人
在雅尔乃孜沟建造了"崖儿城"
始于战争却毁于战争

沿着河道攀援而上
看着千年不倒的残垣断壁
多少故事深藏其中

高耸的楼台，矗立的塔群
神秘的地下宅院，密集的手工作坊
多少喧嚣多少落寞各安天涯

穿越古典主义的城堡
在西域秘境的猎猎焚风中
传来一个民族不死的声音

火焰山

克孜勒塔格 [2]
我来了
在八百里火焰山
我要展开我内心的火焰

我要像一朵云，在你
烈焰熊熊的天空舞蹈

我要成一粒沙，在你
大漠戈壁的炉火中燃烧

远古的焚风
可以吹皱你红色的流沙裙
甘冽的清泉
却滋润着我心中的小绿洲

不管是神话传说
还是海市蜃楼
在一枚风干的葡萄里
我要追寻我的楼兰

伊犁河

我在巴尔喀什湖，等你
在三千年流失的旧时光里等你

你是我的卡洛伊高地
暮色中有我残缺的占有

你是我的康查盖峡谷
绝望中有我穿越的幸福

一首秦汉蜿蜒的长歌

飘过西域苍茫辽远的戈壁

乌孙地原初的牧场
炊烟和蓝天同为一色

在光明显达的丽水之侧，我看见
母亲回来了，带着巴尔喀什湖的月光

坎儿井

沿着台阶向下，右转
再向下，我走进了一个
与荒漠对抗的世界
我从来没有这么近，观察过
一条河流，而且是在地下

这是两千多年前，西域大漠上
一项浩大的水利工程
竖井、地下渠、出水口、涝坝
一连串土里土气的名字
遮蔽了我体内的炎热和干涸

穿行在幽深狭窄的巷道
裸露的红砂岩上，斑驳的挖痕
向我昭示三千年不死的流水

一盏盏灯葫芦，穿越时空
照亮了西域的眼睛

喀纳斯湖

走近你，就走进了阿尔泰山的内心
你生来就怀抱蓝天，妩媚如月

在图瓦人的眼里，你是可汗之水
在我的眼里，你是天堂之湖

你的高度让皑皑雪峰低头
你的秀色让"宝光"霓虹黯淡

即使此刻我离你很近，但却
无法抵达你内心的湛蓝

你的洁净你的明艳
只会在童话故事里出现

楼兰古国

有谁相信，在这死亡之漠
存在一个楼兰古国

千年不朽的胡杨，在大漠深处

向我昭示，一个古国不灭的欲望

历史的沙尘，虽然湮没了一座古城

却无法淹埋记忆的化石

站在不倒的城郭上，我放佛看见

芬芳的楼兰姑娘，从哀怨的羌笛中走出

风和雨熄灭了太阳，消失的霞光

渲染着一个西域过客的孤单

注：[1] 雅尔和图：维吾尔族语，意为"崖儿城"。

[2] 克孜勒塔格：维吾族尔语，意为"红山"，故又名火焰山。

《红枸杞》2018 年第 3 期

青藏行 （组诗）

从固原出发

跨过秦长城
迎着列队的玉米一路狂奔
沙坡头的水车放快了速度
穿越腾格里沙漠，在河西走廊
我们与秦汉长城再次相遇

土黄色的墙体与我的故乡
有着天然的联系，在这里
我找到了固原秦长城的血脉
焉支风伴我追逐天堂的梦想

今夜我在格尔木

穿越祁连山
今夜我在格尔木

戈壁茫茫，夜色笼罩

在微凉的细雨里

我们围着火炉

说着吐谷浑国

说起和硕公主

说着远去的西海

直到炉火熄灭

可可西里

看见藏羚羊

我才知道自己已经到了可可西里

一列火车追逐着茫茫草原

一群藏羚羊追逐着火车

我们追随着藏羚羊

直到被五道梁分开

沱沱河

看到沱沱河

我的心跳开始加速

预知的和不可预知的都将来临

胸闷、气喘、头疼

远山延伸着神秘的沉默

睡在平板房里，我真的不想醒来

夜晚可不可以再长一些
让她一直流淌在我的梦里

羊卓雍措

在羊卓雍措
阳光离我那样近
夜叉神住在高贵的雪山上
卡若拉冰川就在我的身旁

在五千米的岗巴拉山口
怀抱羔羊的藏族女孩与我相遇
白色的水鸟和白色的羊群相遇
蓝色的湖水和蓝色的天空相遇

317 国道

看着山坡下摔碎的车辆残骸
我不敢说话
万丈深渊就在脚下

快到山顶了
一辆爆胎的大卡车挡住了去路
红旗开着自己的越野车
慢慢地绕过一辆大车

再绕过一辆大车

我们静静地站在路边，紧闭呼吸
山洼的草木被滚落的碎石惊醒
连同我们的心跳，一起跌落山崖

当红旗绕过最后一辆大卡车
车轮从悬崖边上飞过
我用镜头记录下了这惊魂的一幕

到山顶，谁也没有说话
白云载着蓝天，金黄的油菜花
为我们祝福

树中树

在西藏
云，在雪山上生长
牛粪，在藏民的墙头生长

而在茶巴拉乡
我看到一种生命的接力
树，在树干上生长

色麦村

在卓玛的青稞地里
我拿起了镰刀
姿势不错
只是效率低下

虽然只是几分钟
但在色麦村的麦田里
我们的灵魂
洁如哈达

追梦雅江源

沿雅鲁藏布江逆流而上
陡峭的悬崖和咆哮的河水
在海拔五千米的高度
我找到另外一个自己

走进西藏，我是一个缺氧的孩子
我的呼吸浑浊，我行走的样子
有些倾斜。阳光暴晒之后
雨说来就来，有时在我的前方
有时在我的后面

那些游走在雨中的牧民
以及低头吃草的牦牛
让我有了一丝原始的慰藉
在沙丘的后面，蔚蓝的湖泊
与戴着面具的雪山相连

在仲巴县的夜色中
我们挤在一间没有灯泡的旅馆里
张大嘴巴呼吸，放低声音说话
风声，拉长了雅江源的静谧

通天河

我想靠近你，以水的姿势
融入一条河流的奔放

以经石为证，在唐朝的浪尖
采集羽化向善的心经

把千古不变的世俗，拒在
随波逐流的远方

垭　口

一辆大卡车驶过昆仑山垭口
一群黑牦牛站在山口张望

风火山垭口，点燃我久违的青春
吉庆岗，给我以安详的问候

在岗巴拉山垭口，我把一条洁白的哈达
与飘逸的经幡挂在一起，让记忆飞翔

开心岭

远处的雪山，拉长了白云的翅膀
毡房安详，一列火车爬行在草原上

三个骑单车的人，在我们的前方欢呼
走近才看见——开心岭到了

天空蔚蓝，展现无边的山峦
远去的公路，将我们的梦想伸延
到更高的地方去
直到我的身躯与雪山相齐

星星海

向下的速度和向上的冲力
源自风，那股从垭口吹过的风
一分为二，长江和黄河
在巴颜喀拉山有了各自的向度

在玛查里，一天之内
我们经历了春夏秋冬四季
一会儿是疾风暴雨
一会儿是冰雹雪花

云在海里，海在天上
我的贪婪和欲望，在玛多
进一步扩张、延伸和膨胀
一片海，不，是一群海
拥着我们在草原飞翔

两面山

青海的山是冷峻的，而西藏的山
一半在雪里，一半在草原

低头吃草的牦牛，移动的羊群

转动的经筒，飘逸的经幡

在这样的季节，上苍给了我颂扬的机会
也给了我毁灭的疼痛

我确信，我在拷贝着西藏
西藏也同样在拷贝着我

在文成公主庙前

高悬的庙宇
从坚硬的岩石中长出
你点燃的桑烟
美丽了满山的经幡

在刻满经文的石头上
我能闻到你的体香
即使只有一分钟的停留
我也有足够的时间
在一炷香火中记下你的安祥

在日喀则看落日

站在雅江的岸边眺望着远山
夕阳斜着身子溜出雪山和白云的缝隙

风，拽着我的衣襟连同云朵
点亮地平线上的牧歌

日喀则拥有十万佛塔
在一枚小小的石子里
我的思想深入一座山峰的内心
触摸卡若拉冰川的火焰

风，越吹越低
每一棵树都是"唵嘛呢叭咪吽"的梵音
在日喀则的落日里，我
静等一尾鱼的到来

那是一种生命的直立

正午，热烈的阳光洒向高原
牧民的帐篷中升起青青的桑烟
白云逃离天空，向着我的影子飞翔
念青唐古拉远远地就在我的身后

五色经幡在甜蜜的风中招展
白云、雪山、草原、河流、羊群
以及迎面吹来的风，在我心中
不容颠倒，那是一种生命的直立

在一株青稞里找到隐喻的自己

假如记忆可以延续
我一定在你的怀抱里沉睡
湛蓝的天空与自由的湖水
粗犷的风吹不走我的疲惫

众多的河流中我找不到自己
城市的喧嚣在秋天的草木中得到安逸
每一头牦牛都是我的亲人
每一座雪山都是我的奇迹

山谷的阳光盛满花草的记忆
奔跑的车轮裹着崖畔的云翳
恐惧和猎奇拥进我紧缩的心里
每一个垭口都是我跳动的脉搏和呼吸

向上，我将更加接近天堂
向下，我将自己植入土地
我想加入到那一路狂欢的草木中
在一株青稞里找到隐喻的自己

2012年7月26日－8月10日青藏行诗作，2019年7月12日再改。

我在古老的时光里等你 (组诗)

拜将台

你记得自己死去的时间
也记得自己一生的荣光
弯下腰，扶起的是胯下之辱
昂起头，看到的是十面埋伏

你挥手间打下的汉室江山
诸葛亮用一辈子也没有夺回来
我这样想着，不由得回头
多看了你一眼

蔡侯纸

走进你的世界
就像走进一张发黄的麻纸

除了你，没有人会把
一张树皮，一块破麻布，一张旧渔网
与文字联系起来
与文明捆绑在一起

你是汉书中最亮丽的一页
既容纳了篆书、隶书、楷书和草书
又容纳了苏美尔人的楔形文字
以及埃及象形文字和玛雅文字

在汉中，我想走进你的内里
在一页古老的宣纸上
用两条河书写一个"人"字

穿越秦岭

一天之中，从古萧关到汉中
我穿越了秦岭

十月的秦岭，何其寂静
即将到来的冷风，绕过秦岭
穿行在灯光昏暗的隧道里

我在心里默数着：一分钟，两分钟
十分钟，二十分钟，三十分钟……

前面出现了一道亮光，我看见

突兀的岩石，向我挤压过来

树木、飞瀑、溪水、一闪而过

那种似曾相识的新奇感

让我的情绪一再处于亢奋的状态

一座山峰接着一座山峰

一条沟壑连着另一条沟壑

在我的潜意识里，古栈道就在前方

我在沿着时光隧道，寻找

秦巴山中的褒国秘境

一个一笑倾国的女子

用青春的烽火戏耍诸侯

历史只不过是一场绝望的爱恋

而我，正在穿越秦岭

抵达那个三千年前赐我姓氏的古国

《六盘山》2017 年第 2 期

诸葛古镇

在诸葛古镇，我拜谒了武侯祠

一场雨刚刚停息

祠内的古柏高大、繁茂、葱郁

安静中透着苍凉的生机

《出师表》以书法的形式陈列在墙上

南阳、茅庐、隆中、汉水

以另一种方式撞击着我的心扉

伫立在诸葛孔明的塑像前

我在想——

一个有抱负、有才华的人

得有他施展才华和实现抱负的大环境

诸葛孔明不如他祠院中繁茂的古树

他的生命里缺少阳光、雨水和自由的空气

久违的人

十月的风，把我

和一群故人相聚在一起

首先，我见到的是一位美女

在褒斜谷，我回到了一笑倾城的褒姒故里

那么多诸侯看着我

我一连喝了好几碗黄酒

丝毫没有惧怕那些熟悉的陌生人

其次，我见到的是燕人张飞

有人欣赏他的勇猛

有人欣赏他的仗义
但我喜欢他睡着了还睁着两只眼
看穿黑夜

最后，我见到的是故人张骞
他当年西行时曾在我的老家古萧关
歇过脚，喝过酒
看他现在的神态，微红的脸颊上
还有一丝当年的醉意

在汉中，我把陌生的感觉
置于两千年之外，带着
很久没有相见的寂寞
和一群久违的人相聚在一起
喝光了汉街的酒也没有醉意

北宋皇陵

在狮、虎、象和文臣武将的石刻前
我驻足了良久，面对
缺少徽、钦二帝的皇陵
我想用宋词
复活一个朝代的隐秘
不说伟大，也不说忧伤

包公镇

每一面墙
都铁面无私
每一条路
都公平正义
每一条河
都清正廉明

店埠镇

因曹操的一次歇脚
而得名"垫步"

因曹植的一次造访
有了"店埠"

一曲"铜雀台"
乐古而未央

2018 年 7 月 6 日于银川

182

在江南 （组诗）

在江南，我有一个水做的妹妹

我可以不去想你，在江南
你用小桥为我铺就来路
你用流水为我接风洗尘
你用山歌为我摆酒设宴
你用长发为我抒写情诗
你用文字为我建造家园

在江南，我可以不去想你
你可以是唐琬，是李香君
也可以是陈圆圆和董小宛
还可以是扬州、苏州和杭州
更可以是西湖、太湖和玄武湖

在江南，我可以不去想你
我可以在深深的雨巷等你

也可以在海螺花里觅你

还可以在莫愁湖边盼你

更可以在一棵银杏下念你

总之，在江南

我有一个水做的妹妹

你可以坐船头

你可以去采苓

你可以去织布

当我回到北方，我还是可以不去想你

你会以另一种方式相随：化一缕柔风

吹绿我前世的荒凉；变一滴小雨

滋润我今生的土壤；唤一缕阳光

温暖我寒冬的记忆；携一片雪花

纯洁我一生的念想

一条巷子回眸了我一生的忧郁

石浦镇的下午，细雨慢慢地飘着

渔船停靠在港湾，就像我

此刻，停靠在渔民家的屋檐下

看着越来越远的老房子

湿漉漉的石板路，一直沿着老巷子延伸

已经十一月了，路边的石缝中
还有一些不知名的花草，在风中瑟瑟地
挽留着春夏秋三生没有做完的梦
海葫芦就飘在我的头顶，它的不安
让我的步履在石浦镇有些倾斜

跨过十三级台阶，雨中的海螺花
像植物一样从屋檐上垂下，多像我的忧郁
被赶海的小姑娘不经意地捡起
一朵羞涩的浪花，席卷
一小时的顾盼，留下一万年的回眸

虫子的笑颜钻进我的心里

在鲁迅故里绍兴，我没有见到少年闰土
也没有碰到阿毛的妈妈祥林嫂
却遇到了闰土和阿毛的小同伴
一群头戴小黄帽的小学生
我和他们一起，走进了百草园

跨过一道门槛，拐一个弯
穿过一个门洞，再拐一个弯
沿着一条长满青草的巷子走进去
就到了百草园了

那群小黄帽从碧绿的菜畦边走过

嘈杂声像风一样拐进另一个门洞

我担心他们会像阿毛一样走失

我听见一个陌生的声音在高墙的那边喊我的名字

于是，就想起一个叫迅哥儿的人曾说过的

吃人肉喝人血的"美女蛇"

不由得左顾右盼

想透过墙头上枯黄的蒿草

寻觅那张让人在夜里睡不着觉的"美女脸"

不料，一只虫子从树上掉下来

正好落在我的肩膀上，我知道

我被这条小"美女蛇"相中了

正午的阳光，多么灿烂

一只虫子的笑颜

钻进我的心里。在百草园

一棵草，穿透了我多年的隐伤

海风吹过普陀山

我是一个不经意的过客

从遥远的北方来到普陀山

踏着几千里的行程

穿越跨海大桥

沐浴一场"海天佛国"的风

一片紫竹林揽我入怀，香樟树下
我像步入天国的孩子，脚踩莲花
把平安一路走来。多宝塔旁
世俗的欲望轻轻止步。祈福桥边
我把所有的祝福默送给接踵而来的人们

千步沙滩，我顿悟了
生活中的坦荡和柔软
百步沙上，我领略了
人世间的辽阔与浩瀚
磐陀石旁，我静听着
海水的潮声和佛语的梵音

在一朵浪花里，归海的船
带着一粒虔诚的沙
缓缓地驶进普陀山的香火
我的爱，被一朵云
点燃。天空祥和蔚蓝

我和你相遇在一个飘雪的下午

那天下午，没有阳光
先是风，扯着我在路上行走

每走一步，都有坚硬的回声

后来，遇见了你
我的脚步慢下来，你的声音
很轻，像雪花一样
落在我的前方

我们说起冬天，说起
南方的雨和北方的雪
当说到六盘山和普陀山的时候
我看见你的眼里闪着春天的浪花

穿过你的声音，在季节的深处
我的想念成为永恒的水滴
我知道，明天
太阳出来，你就能给我回信了

琬非婉

洋河弄里，伤心桥下
你不该从宋词中走出来

许多人把你叫作"唐婉"
太媚俗太胭脂气了

换成"王"字边，你就是我的了
今生，你会在爱的王宫里端坐

木头门和"木头人"

我和你，以这样的方式
在雨天，靠近一扇门

你的肩，和我的膀
被一扇门激活
在象山石浦的江南小镇
心跳融入了一扇木头门
开，或者关
与爱无关

唯有呼吸，在柔柔的细雨中
潮湿。巷子深处
有更多的鱼在游动
一把撑开的油纸伞
在雨中，很轻很轻

一秒钟的对视
是多么得漫长，一棵优雅的草
穿过我的身体
树叶的茎脉在不断放大

木头门忽然有了温度

我的肩膀动了动
你的脸就红了

江南雨·北方雪

一夜之间，我来到了江南
经历了一年之中的
第二个秋天

在江南，我只需和一场雨
在一起
让潮湿的心持续地蔓延

我也可以
和一缕风在一起
让思绪的云，慢慢地飞

在江南，我更愿意
和一座古镇的小屋在一起
让爱有驻足的驿站

一夜之间，我又回到了北方
迎接我的

是白雪皑皑的山川

瞬间，冰雪凝固了我的记忆
寒风吹走了我的欲望
远山阻隔了我的想念

你说：在江南
记住你的山，就记住了你的水
记住你的诗，就会记住你的人

江南雨和北方雪
一对温情的中国女子
在这个寒冷的冬天
她们都亲吻过我的额头

秦淮河边

我来了
秦淮河的灯亮了

你去了
京陵城的天黑了

一个人
被一块砖接纳

一只船
被一条河淹没

在尘世的屋檐上
你的名字，迎着一场雨
流入我的春天

《原州》2013 年第 1 期

宁夏组章 (组诗)

想起萧关

我曾无数次想起萧关

以笔记的形式，让一条古道

穿越弹筝峡，直达西域

即使城墙头长满了荒草，一簇簇

今年的，去年的，前年的……金黄的蒿草

给我以摇曳的燃烧和经年的温暖

《新消息报》2015 年 1 月 5 日

五朵梅

你是我远方的姑娘，以花儿的形式

存在于我的梦中。多少次

我驻足在和尚铺的客店前，以王洛宾的身份

和你约会，听悠扬的花儿在灶膛的炉火中燃起

"走咧走咧，走远咧，越远了……"
目光到达不了的远方，今夜的愁肠被你捡起

六盘山

天空比河水还要蓝，落叶松以整齐的方阵
迎接秋色的检阅。那些低伏的云朵
触摸着盘旋的山路，河流一再放慢速度
近处的风和远处的风同样炽烈，一只鹰飞过
我对一座山峰的仰望，才刚刚拉开序幕

老龙潭

我敢说，没有一个少女的眸子
比你深邃。你是隐藏在宁南的蓝色公主
用原始的古朴，展现着泾水的纯美
我是沿着诗经走来的王家君子
在泾水之湄，用君子好逑的歌声
叩响你的心扉……

秦长城

我的战国才刚刚开始，在秦长城湮没的地方
福银高速穿城而过，宝中铁路带走了过往的忧伤
柠条不再弯腰，玉米举起红缨

开始排兵布阵。大片的温棚下
隐藏着兵马俑的秘密。再毒的狼毒花
在长城梁，也只能自生自灭

《华兴时报》2014 年 5 月 15 日

黄铎堡

透过古堡，我能嗅到青草的芳香
我能听到，蜜蜂的翅膀
舞动阳光的颤音。我想绕开黑夜
绕开你曾经的影子，却没有想到
重新陷入你的沙场，一粒尘埃的眼泪
从我的眼里流出，给我寂静
给我感动，也给我痴狂

《华兴时报》2014 年 5 月 15 日

须弥山

不必屈膝，只要到来，就足够虔诚
即使站立，在须弥大佛前
也同样渺小。水门关
关不住神性的善良，苍天和纯真
在一尊塑像里，栖居着人心

并非所有的红山，都可以成佛

《华兴时报》2014 年 5 月 15 日

苜蓿地

紫色的苜蓿花，想把尚未抵达的爱
在秋天的风中，惶恐地蔓延
几只蜜蜂，在闪烁的阳光下
采摘最后的花香。树荫下的老黄牛
甩着尾巴，远远地望着苜蓿地
谋划着今晚的美餐

沙坡头

今夜，在沙坡头，我受了一点点苦
一粒沙子钻进我的眼睛，哭着让我
和一个写大漠的诗人对话
紫槐树就在我的身旁，它已忍受了那么多年的风沙
却紫得越来越可爱。我一边揉着眼睛
一边吃着硒砂瓜，刀切的沙坡
在我的心里，甜蜜地睡去

移民吊庄

房子是红色的殿堂

阳光中，沟壑和平原互换位置

那些飘过天空的云朵，和划过宁南大地的犁铧

在它们热爱的画卷中，燃起炊烟

大山里消失了一座村庄，黄河岸边

新添了一个村镇，满地的油葵和玉米

在暮色中，一再修正着我内心的暗伤

黄羊滩

这里的风，追赶着芨芨草的身影

我一生的空茫，在黄羊滩戈壁终于止步

一列绿皮火车尾随着羊群远去

心中的金银花，抱紧一粒黄沙

在无人的戈壁，繁衍出盛大的牧场

西夏王陵

这是西夏人留给我们的

最后一个"馒头"，有些坚硬

但却不失王者风范。我的脚印

被后来的游人，渐次抹去

透过土堆，我在想八百年前死亡的秘密

我想用伟大的诗句，重新雕刻你们的形象

而这一天正慢慢地逝去，所有的人

和我一样，沿着原路返回

《黄河文学》2018 年第 6 期

贺兰山

一只山羊，走进了贺兰山岩画

一群山羊在低头吃草。天空蓝得让人战栗

树的骨头，鸟的骨头，人的骨头，太阳的骨头

在朔风中咯咯作响。八百年前的今夜

一匹战马踏破贺兰山阙，一边是银川平原

另一边是辽阔的牧场。草原的风

草原的雨，和黄河岸边的稻花融为一体

历史的意外，被贺兰山默默地接受

《黄河文学》2018 年第 6 期

玉泉营[1]

我能嗅到你的甘冽清澈

战马早已远去，营盘在流水中回转

最初的愿望，在一颗葡萄里延续

甜蜜的醇香，风的酒杯

醉了西夏千年的历史

沙　湖

在柔媚的湛蓝中，我走进
神秘莫测的沙湖。一湖水
和一片沙连接在一起，内心升起
清亮庞大的格局，柔风和月光
停留在一簇簇芦苇中，我想在这里活着
又想在这里死去，辽阔的灵魂
一半在沙里，一半在水里

从固原到银川

每当我从固原到银川，又从银川到固原
总有一个沙哑的声音在我耳畔响起
银川人把固原人直爽地喊作"山狼"
固原人把银川人亲切地叫作"鸭子"
银川人在黄河和黄河鱼中相互拥抱
固原人在洋芋和洋芋面里互相告慰

有些喜欢

一直以来，我固执地在宁夏大地上穿行
水在流，山在转，我喜欢你的变幻

一生的相遇、森林、河流、湖光、山色

它们终将彻底清洗我。欲望被风吹下云端

夜幕降临前，所有的奔波和劳累

有些孤独，有些平静，有些惆怅，也有些喜欢

注：玉泉营，古时泉水清澈甘甜，后为兵营。现在是宁夏最大的葡萄酒生产基地。

2016 年 3 月 3 日于银川

青铜有声 (组诗)

黄河古渠

那一天，黄河古渠的风很大
吹得人迈不开步子，站不稳脚跟

阳光在两岸的峡谷上奔跑
黄河的水却不急不慢地流着

从汉渠到秦渠，然后
再从唐徕渠流进良田渠

锣声、鼓声、梆子声、板胡声响起
我坐在韦桥村听秦腔

水声击打着青铜
穿越大坝和小坝
消失在四月的桃花里

金沙湾

所有的人都有来路
所有的水都有去处

在这里，九曲黄河拐了一个弯
于是，黄沙就成了海，绿野也成了海

我羡慕那个划羊皮筏子的男人
他有一个像小坝一样美丽的妹妹

北岔口长城

你来了，在北岔口长城
我们的目光是一致的
顺着山势，由下而上
然后再由上而下
从心里抚摸了一遍

我知道，在贺兰山东麓
在北岔口长城，有些话
永远不要说出口
风来了，云去了，花开了
只有你在我心底时时荡漾

庙山湖

是月亮的一滴眼泪
在雄浑的大漠上喷涌而出

我从青铜峡走来
看见时光在沙漠里奔流

生生不息的黄河
在青铜的镜子里有了另一种妩媚

青铜峡鸟岛

在青铜峡，鸟是我前世的情人
在我没有到来之前
全部隐藏在芦苇中

当我踏上鸟岛
所有的鸟儿展开翅膀
用最美的姿势向我飞翔

大　坝

一个比我还霸道的大男子主义者

在青铜峡，敞开心扉
揽黄河入怀

我在大坝镇有个老乡
她会唱花儿，也会唱秦腔
刚才就吼了一嗓子——那个嫽呀

小　坝

小坝，就是小得可爱的那种女子
比如小家碧玉
再比如乖巧玲珑

看到水，有一种冲动
也有一种防不胜防的美
瞬间击透我的心灵

青铜峡

黄河楼，是这条峡谷的霸主
黄河圣坛，是她的后花园
日子久了，黄河的鲤鱼都成了精
一网下去，峡谷中跃动着
亘古的青铜气息
我静坐在一百零八塔中

用沧桑之眼，对视着苍茫之心

石　头

石头永远是石头
有时候，只要挪一挪
就成了风景

《诗潮》2017 年第 8 期

老去的村庄 (组诗)

老石碾

我知道，日渐光滑的石碾

已经没有多少时光需要打磨了

日子一天比一天平静

漫长的冬季，再也看不见

妇女们在碾台旁忙碌的身影

只有厚厚的尘土

覆盖着平展的碾台

孤寂的我，好久没有吃到

香喷喷的黄米饭了

老石磨

秋天已经过去，冬天即将来临

所有的庄稼，安静地坐在打麦场上

远离秋风的谎言和季节的变换

枯黄的蒿草，来不及悼亡
寒夜里降临的第一场雪花

当黎明到来之前
不管村庄多么安静
只要有人推动老石磨
那些刻骨铭心的记忆，就会
从坚硬的磨缝中流泻出来

老剧场

"百花齐放，百家争鸣"的对联还在
台柱旁的两头石狮子还在
只是，舞台上没有了唱戏的演员
舞台下，也没有了看戏的观众

孤独的舞台
寂寞的剧场
虽然少了老生和花旦
却多了一群跳广场舞的大妈

老院子

回到闲置已久的老院子
就像从很远的路赶回了老家

穿越长满蒿草的老院子
如同穿越我的余生
虽然有点陌生，却依然能够感觉到
那些原初的温暖和幸福

老水泉

内心有大海却波澜不惊
一面从不说话的镜子，穿透
岁月的河流，在春天的阳光里
涤荡村庄的容颜

只是，自从有了自来水之后
就很少有人到老水泉来担水了
只有村子里的几个老汉
还在用泉水，熬罐罐茶喝

老土路

心中的风，来了又去了
眼里的雪，落了又化了
乡村的水泥路一再延伸
仅剩的那段老土路
是我熟悉的乡村风貌

我是沿着这条土路走出村庄的
我所有的一切，都是
村庄的泥土给我的
如今，脚上不沾泥了
反而缺少了故乡的气息

老土墙

一段即将坍塌的土墙
就像村庄残留的一段长城
围着村庄远去的时光
也围着村庄曾经的温情

我想，等我老了
我一定要回到村庄
与一群老人，一起
蹲在土墙根下晒太阳

老乡绅

就在昨天，当我得知
被人们称为"万事通"的张大人去世了
我知道，我们村的"照壁"倒了
打我记事起，他就是村子里的"大总管"
他给像我一样的后生和妙龄的女子

主持过婚礼，也给去世的老人操办过葬礼

更调解过无数家长里短的纠纷

现在，他去世了

从此，这个叫瓦亭的村子

缺少了一个，手握乡风的人

2016 年 3 月 12 日

我的 24 只 "小狐狸" [1]

一只修行千年的 "小狐狸"
从遥远的春秋 [2] 翩翩走来
像一株摇曳的稼穑
鲜亮了一个又一个季节
变换了时空的容颜

——引子

1. 立春

一支响牛鞭，唤醒
沉睡已久的心跳
在时间的断面上，放你逃生
让你，反复梳理尘世的色彩

2. 雨水

既然离开，就不要回头

纵然泪如雨下，也要

把最妩媚的一面，留给

未来拥抱你的那个人

3. 惊蛰

你从来就没有勾引过我

即使春雷涌动，你也

蛰伏在我的怀里，静等

油菜花开的时间

4. 春分

从今天开始

你把自己一分为二

一半留在了白天

另一半，与黑夜相伴

5. 清明

不是为了永久的祭奠

也不是为了忘却的怀念

在踏青的人流中，纷飞的雨滴

一再抽打着灵魂的影子

6. 谷雨

任凭柳絮纷飞，杜鹃鸣啼
时光碾碎冰封的记忆
我却无法拒绝你的饱满
仍在一株谷禾里，痴痴地等你

7. 立夏

随着你的到来
我的体温不断升高
感觉，再高一度
我的心就会瞬间燃烧

8. 小满

面对你的日渐成熟
我的爱已满足不了你的要求
我只有将风雨雷电齐聚在一起
才能给你绵绵不绝的爱恋

9. 芒种

你的美，已锋芒毕露

我的爱，早晶莹饱满
此时，只需一把锋利的镰刀
我们便会紧紧地拥抱在一起

10. 夏至

我知道，我曾经那样地接近你
却从未和你谋面，阳光
朗诵着我写给你的每一首情诗
白昼，一天比一天短
黑夜，却一天比一天长

11. 小暑

这是你事先布好的局
在固定的时间固定的地点
给我一场暴雨，让我
猜不透你热烈的心思

12. 大暑

我承受不了你的狂热
真想找个老鼠洞钻进去
没承想，却误入了
一片不能回头的酷海

13. 立秋

喜欢这种站立的姿势
风姿绰约也罢
低眉颔首也好
始终占据着我的河山

14. 处暑

当爱情不再发烧
一切趋于平静，追逐的脚步
慢下来，两个行走的影子
在暮色中和地平线一起消失

15. 白露

"蒹葭苍苍，白露为霜"
这是你私藏了三千年的爱情密码
如今，却被一枚落叶破译
泪水浸透了一地白纸的忧伤

16. 秋分

命中注定，这一刻

我们要平分秋色
一半在泥土里深藏
另一半在风中飞扬[2]

17.寒露

所有的思绪，在这一刻
凝聚。一些人来了
一些人走了，我却无法
挽留，你远行的脚步

18.霜降

今夜，关好门窗
幻想一朵冷艳的菊花
悄然降临，成为我
冰清玉洁的新娘

19.立冬

在你必经的来路上，我已
布满甜蜜的雪花，捧出
窖藏的玉浆，迎接你
穿越酷暑严寒的约会

20. 小雪

今夜，就让我在零摄氏度以下
想你。把所有的思念
封存在一枚小小的雪花中
等你，在春天的枝头采摘

21. 大雪

这是我与你前世的约定
当大雪降临时，你会
跨越我的辽阔，携着你的姐妹
到遥远的北方来看我

22. 冬至

你不来，我的黑夜比白天长
你来了，我的白天比黑夜长
即使时光停止，也无法终结
一个人对另一个人的思念

23. 小寒

阳光似乎在人间已经蒸发

大风卷起白色的寒冷

一朵小小的梅花，过早地

泄露了春天的秘密

24. 大寒

我在春天放生的那只小狐狸

终于出现了，迈着妩媚的舞步

跨过寒冷的门槛，一头扎进

春天温热的怀里

注：[1]24只"小狐狸"，指二十四节气。

[2]引自姜岩的"一半在土里安详，一半在风里飞扬"诗句。

《固原日报》2015年4月2日

文学之于我缘来已久 (代后记)

20 世纪 60 年代，我出生在西海固一个叫萧关瓦亭的地方。三十多年前，我和王怀凌在泾源县六盘山镇中心小学教书，闲暇之余，我经常会翻看怀凌订的《诗歌报》(《诗歌月刊》的前身)和《星星》诗刊。当时，刚刚出道的女诗人靳晓静发表在《诗歌报》上的一组诗《献给我永生永世的情人》深深地打动了我，其中一首《我对生命无悔恨》到现在我都能背诵下来："五步之外爱着你也是一种幸福／跟自己在一起时／就是跟你在一起了／谁也不要来打扰我吧／为株守这最绝望的爱／我把自己降到摄氏零度以下／拒绝阳光／我是无期的囚徒／愿终生被你囚禁。"

从那时起，我就已经被文学崇高而圣洁的梦想所"囚禁"，一直以来，我将她埋在心底，一路潜行。

2006 年的夏天，我的第一篇散文《流淌的书声》在《宁夏日报》副刊发表，并获得当年中国新闻副刊作品一等奖，给我极大的鼓舞和鞭策。此后，我的散文、诗歌、文学评论等作品在《宁夏日报》《朔方》《黄河文学》《六盘山》等刊物发表，自 2010 年以来，先后在《雪莲》《绿风》《扬子江》《诗歌月刊》《山东文学》《中国诗歌》等刊物发表诗歌作品 100 余首，并在各类大赛中偶有作品获奖。2014 年 2 月出版诗集《经年的时光》和文学评论集《疼痛与唤醒》，部分作品入选《宁夏诗歌选》

《稻花香里》《新乡土诗选》《文学西海固》《云蔚六盘》等。

回顾自己的文学创作历程，我始终认为：诗即是人，是一个人的追问与求索，是一种最本真的生命体验。缘于诗歌，我结识了杨梓、张铎、张嵩、杨森君、王怀凌、红旗、张涛、单永珍、唐晴、安奇、杨建虎、雪舟、刘学军、林混、张虎强、刘国龙、兰喜喜等一大批诗歌挚友；缘于文学，我认识了导夫、漠月、梦也、火会亮、吴思敬、林莽、李秀珊、曲近、杨风军、闻玉霞、古原、李方、郎伟、钟正平、王岩森、李生滨、吕颖、左宏阁、牛学智等一大批文学编辑或评论家。可以说，是诗人、编辑、评论家把我引上了文学创作之路，并让我融入其中。

文学之于我缘来已久。我最早接触的是伤痕文学，后来受西海固文学的影响，在西海固母系家园中，现实的疼痛和呐喊，不仅唤醒了我内心的温情和善良，而且洗涤着我日渐平庸的灵魂。从文学创作中我感悟到：文学作品无论以何种形式存在，都具有疼痛感和唤醒功能；文学创作要表达的不外乎是一种历史的诉求、人文的诉求、审美的诉求和精神的诉求。正如我在评论集《疼痛与唤醒》中所说的那样："每一个从苦难中过来的人都知道，只有痛定思痛，才能有所改变，才能从坚硬的生活中凿开一条通往富裕和幸福的道路。"毋庸置疑，人们一旦被文学作品所唤醒，就会激发出无穷的创造力。

我确信：诗歌是我内心的火山，在沉默中燃烧。

诗歌既是现实生活的再现，也是诗人在某些时刻的情感爆发，更是诗人与读者心灵共鸣的刹那碰撞。一直以来，诗歌是我在社会中修身立命、在文字中锻造灵魂、在自然中陶冶情操的重要方式，正是因了这种执着和坚守，才有了《某些时刻》的付梓出版。

当然，我的文学创作毕竟是业余的，还需要各位领导、诗人、编辑、评论家不断地批评指正、鼓励扶持，更需要亲人、朋友的关爱和帮助。我不祈求自己的行程能够痛苦地止步，只希望在文学的烛照中一路前行。

王武军于银川

2019 年 7 月 21 日